简诗学

相长昕◎著

格
律
篇

北方联合出版传媒（集团）股份有限公司

春风文艺出版社

·沈阳·

图书在版编目（CIP）数据

极简诗学：格律篇 / 相长昕著 . —沈阳：春风文
艺出版社，2019.8（2022.2重印）
ISBN 978 - 7 - 5313 - 5578 - 6

Ⅰ . ①极… Ⅱ. ①相… Ⅲ. ①诗词格律 — 基本知识 —
中国 Ⅳ. ①I207.21

中国版本图书馆CIP数据核字（2019）第016981号

北方联合出版传媒（集团）股份有限公司
春风文艺出版社出版发行
http://www.chunfengwenyi.com
沈阳市和平区十一纬路25号　邮编：110003
永清县晔盛亚胶印有限公司印刷

责任编辑：王晓娣		助理编辑：孟祥鹭	
责任校对：于文慧		封面设计：八牛·设计	
幅面尺寸：130mm × 185mm		字　　数：58千字	
印　　张：3.5			
版　　次：2019年8月第1版		印　　次：2022年2月第2次	
书　　号：ISBN 978-7-5313-5578-6			
定　　价：35.00元			

版权专有　侵权必究　举报电话：024-23284391
如有质量问题，请拨打电话：024-23284384

目 录

第一部分

谈诗之绪言

第一节　关于诗

几乎在每个时代，都有一个无比熟悉亲切而又迷离高远的存在——诗。

诗是什么？很多人已然忽视了这一疑问，很多人或许会回答说，诗就是一种文体，但在新时代的当下，为发扬作为民族瑰宝的中华诗词，我们不能满足于这种漠视或是笼统的、语焉不详的认识，需要对诗词的本体进行更深入的探索。

在早期，诗歌艺术尚未发展成熟的阶段，人们对诗有着片面但影响深远的理解。儒家早期诗论《诗大序》讲"诗者，志之所之也，在心为志，发言为诗"（志：记录，怀抱等意）。《尚书·舜典》说"诗言志，歌永言。声依永，律和声"。文艺复兴时期，作家薄伽丘又说"诗源于古希腊语poetes，意义是拉丁语中所谓精致的讲话"。

后来，诗的功用不再局限为某类工具，在其不断丰富发展的同时，人们又有更多感悟。唐代诗论家皎然说"夫诗者，众妙之华实，六经之菁英……"（《诗式》）。宋代诗论家严羽也讲"故其妙处，透彻玲珑，不可凑泊，如空中之音，相中之色，水中之月，镜中之象，言有尽而意无穷"（《沧浪诗话》）。

再者，诗人作为主体在诗中的灵魂作用不断扩大，对诗的认识更多关照诗中自己。英国浪漫主义诗人雪莱曾说"在通常的意义下，诗可以界说为'想象的表现'"。中国当代诗人顾城也说"诗是诗人用心灵同宇宙的对话"。

当下，对诗的认识则有更多哲学高度的概括。黑格尔认为"诗的本质，在大体上是与一般艺术美和艺术作品的概念一致的"（《美学》）。美国现代美学家苏珊·朗格认为"诗从本来意义上说并不是一种叙述，而是创造出来的，作用于知觉的人类经验"（《艺术问题》）。而到了哲学家海德格尔，诗有了更深远的意义：他认为语言是人生在世的基本公式，而诗是最能接近语言的诗性本质，所以人可以借助诗歌通达存在。

以上的观点都是不同角度、不同深度的论述，从中我们可以感受到诗不仅有其美妙的音韵与格式，也有着强大的社会、人生功用。诗作为一种特殊的语言艺术，拥有无法掩盖的闪耀魅力。诗是具有音律、语言、意象、情思多元统一的融合体。

第二节　关于格律诗

　　"戴着镣铐跳舞"是对格律诗词非常著名的评价。其实笔者认为这一有夸张之嫌，二有曲解问题的不宜。说它夸张，即使在舞蹈的语境下，"镣铐"言重了，倒不如说是"按部就班遵循节奏和既定的舞步来舞蹈"，因为格律虽有约束，但并不是钳制，熟练应用格律将拥有更优美的自由；说它曲解问题，是因为在笔者看来，无论我们做什么事总要有所限制，要有限度。恰如"按比赛规则踢球"一样，格律存在的意义是为了追求更完美的音韵形式美，是求美的规则，并非故意考验、难为作诗者，因而，本质上与"镣铐"是有别的。

第一部分　谈诗之绪言

　　古诗在中国历史上自出现到相对成熟历经千年。今天，随着时代的发展，人们对格律诗词始终热爱，但存在一个问题：大多数诗作者常常只会传袭。今天的诗坛，大致分为白话新诗和传统诗词两类创作。格式上并不似五七言律绝一样统一和力求优美。新诗不仅形式不统一，其他方面的限制也几乎不存在。传统诗词则以填旧牌、写旧体为主，形式上虽然整齐，但缺少美和变化。内容上以白话为基的新诗有的片面追求朦胧意境，因而不比古诗好读，反增迷惑茫然。传统诗词因无法回归文言语境，也常常少了凝练，内容主旨上对新时代精神的反映有时也显得力量不足。因此，当下我们对于诗体创新与诗之内涵表达的探索，还有漫漫长路要走。

第三节　关于只谈了古诗格律的本书

　　笔者在二十一世纪传统文化教育不断完善的背景下，接触古诗较早，也自幼尝试写作古典风格的诗词。这些蒙作大多读来无味，颇有打油诗气质，实际上是因为我当时不懂得诗词格律的存在。直至升入中学，随着阅读量的增加和阅读思维的扩展才渐渐有所察觉，并为之感到欣喜。本书的底稿来自笔者初中三年级学习诗词格律时总结出的一本本小册子。至于汇总成书，并结集出版则是正值高中时期的当下。此书有这样三个问题，在此笔者想加以说明。

　　一是从主观因素上谈笔者尚浅的学术能力所带来的本书的价值问题。我对于诗歌创作、诗学诗论乃至哲学、美学、语言学等方面都没有相对专业的学习经历，因此只是基于平时阅读爱好和个人见解来论述，这一点使我对成书有愧。而本人从不愿做无益之功。本书是基于多角度、多来源的普及性诗词格律读本或教材的材料支撑，尽所能在多本图书馆同类藏书中去粗取精，融合个人观点，而后力争以高度凝练的语言表达成文。文中略有实质性的理论创新，当然也不乏整合性的集成创新，笔者的目的是力求从同类书籍中简而全地提炼诗词格律知识要点，以供读者在学习诗词格律相关知识的过程中参考。

二是本书的内容选择与结构布局的问题。一方面格律知识是学习中华传统诗词的基础，另一方面限于笔者临近高三且腹墨不足，因此暂时就专谈格律这最基本的第一步。笔者认为只有学会用格律作诗才能够继续学写传统诗词。不把基本的格律知识完全掌握，是很难应付裕如地创作完整合律的作品的。

三是本书的现实功用及发展前景问题。本书最大的目的就是希望能让更多的人，尤其是青少年学生了解诗词格律知识。笔者经历了二十一世纪初的义务教育，这期间有2004年和2009年两次课程改革，但所学习的教材中始终没有详细解读诗词格律知识的内容即使是近期的新高考改革，应该主要还是古诗词的增量。在学习古诗词时，老师也常常一带而过，不会展开讲授。近年来，高考中对古诗词题目的要求多是挖掘诗中形象、辨析语言表达技巧或明晰其表达效果以及通过文本内容推测作者情感目的等等，其中经常出现以意象典故为考查重点的题型，学生很容易形成相对经验化、模式化的思维常态，即使是与格律略有关系的对联、诗句排序题，也一因格律考查不突出而用不到，二因题型不稳定，并未视作重点，所以教学和考试中都基本不会涉及格律知识。笔者学识尚浅，并没有十足的理论支撑可以说明诗词格律知识的讲授需要加入中小学教学内容之中，但我认为，中小学生都应该了解基本的格律常识，这一点是毋庸置疑的。若今后的古诗词教学中能对格律知识有所侧重，那么本书或许可作为课外拓展，同学们可略做参考。更广泛地来说，本书对众多初学古诗的读者也或许可以起到一些帮助的作用。至于说对于本书的接续，原本笔者想斗胆采用"中华传统诗学简说"一类的书名，下设章节包括古诗形式、艺术风格、发展简史等等，但确实因精力有限只完成了格律即古诗之形式这一章内容的撰写。更关键的问题是，以上的理想内容笔者尚无足够的学术基础来支撑，因而现只将自己认为相对完善的格律部分拿来与大家共同讨论、学习。

一介高中生平平尔，承蒙亲友师长及出版社的支持，拙著方能付梓，所存谬误及选材不当者未必能免，诚候大家指正。衷心祝愿越来越多的人能够学写传统诗词，越来越多的气质高格、富有深意的诗词精品能够涌泉而出。

戊戌年九月九日夜于东北育才园中

第二部分

古诗之形式

第一节　诗体

一、概述

古诗的体裁（诗体）是学习古诗格律最首要、最基本也较为复杂的部分，诗体经常作为古代文学常识出现在中高考、国学知识竞赛等之中。很多课本和基础教育课程大纲并没有对诗体进行明晰而系统的说明，在此尽力简明而全面地总结基本的古诗体裁。

总的来说，古诗属于旧体诗，与近现代白话新诗相对，旧体诗中又分近（今）体诗与古体诗等，具体如下结构图：

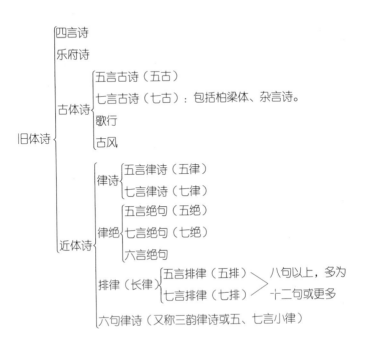

　　这一结构图中的部分诗体并不是并列不相容的关系，这些诗体是古诗体裁中易混易误项。

　　1. 古体诗内外的问题：四言诗主要指《诗经》及后人所作四字为主的诗，并不算作格律意义上的古体诗，但四字句的诗往往算作杂言诗收入七古中；古风并不是古体诗的代名词，后文将另述。

2. 绝句的问题：绝句分为古绝和律绝，而近体诗中的绝句即律绝，其中五（七）言者不常称五（七）言律绝，一般称五（七）言绝句，具体需再判断。

3. 乐府的问题：其含义有广义、狭义之分，是跨度很大的概念，即使按格律也包括古体和近体的乐府诗，具体也会在后文中另述。

还有一些不常见于分类的冷门诗体，像柏梁体、六言绝句、六句律诗，都是相对较少出现的。

二、分讲

古体诗

区分古体诗与近体诗是学习诗词格律的第一大任务。古体诗与近体诗的分流源于南朝齐武帝永明年间，即著名的"永明体"的出现，在此之前晋宋以来的文人写诗的语言多艰深晦涩，这时周颙、沈约等人强调声韵，产生了格律诗的雏形，为近体诗之发端，从永明体开始的近体诗与古体诗在形式上主要有三个区别。一是字与句的数目，近体诗字数只有五、七言两种，句数按名称设限，绝句四句，律诗八句，排律八句以上；而古体诗字数繁杂，四五六七言皆可，当然五古、七古居多，句数除古绝限四句，并无律诗一说，则没有句数要求。二是用韵，近体诗必用平声韵，古体诗可平可仄，唐以后古体诗仄韵居多。三是最关键的平仄格，近体诗严有约束，古体诗几无束缚。这三点在之后几节会展开叙述，在此先只列出大概。

综上所述，古体诗放在整个中国古代文学史中看来，包括五言古诗和七言古诗，以及七言古诗中并入的杂言诗，其特点可以从上述与近体诗的对比中得出：句数不限，少则两句多达百句；用韵可平可仄，韵脚可转换可重复（有一点限制将在下一节《音韵》中具体说明），每句用韵与否随意；不受格律束缚（详见《格律》一节）。

这是就整体而言，古体诗在唐人眼里多指学习汉魏六朝五言诗风格的诗，这一点包括在整体范畴当中。唐人也将古体诗称为"往体诗"，更多的是之前讲的"古风"。"古风"在今天的青年人眼中并不陌生，多被认为是当代流行的一种古代潮流，即在衣着、绘画、器物等方面表现出的带有中国传统生活元素的新时尚风格。这里讲的是诗学范畴，一般学界把它当作古体诗的代名词。"古风"一词出现在唐代，如果回归到当时历史背景，就好比今人把加有传统元素的风格称古风，唐人把诗作上模仿汉魏六朝五言古体诗体制和学习汉魏六朝诗兴寄的精神称为"古风"，亦是一种潮流。发展到元明时期，七言歌行也有被称为"古风"。今天诗体范畴的"古风"当然可以指整个古体诗。总体上的古风也包括三类：歌、行、吟，往往从题目中可分辨出，如《长恨歌》。

近体诗

前面讲由南朝齐永明年间沈约等人开创的永明体发展为近体诗，永明体之前讲究声律、对偶的规律出现于齐梁时期，永明体之后直到唐初沈佺期、宋之问（沈宋）时期定型为近体诗。这在唐朝时开始流行，时人称作"今体诗"，或称"律诗"，宋朝李之仪在《谢人寄诗并问诗中格目小纸》中描述"近体见于唐初，赋平声为韵，而平侧（仄）协其律，亦曰律诗"。我们今天常说的"近体诗"，则多是宋、明时期用语。

近体诗与古体诗有别的一大特点就是体裁有限。近体诗只有五、七言的绝句（又称律绝），五、七言的排律。当然排律形式比较丰富，句数超过八句的格律诗都算，最有名的一是唐代科举考试用的五言十二句的体裁，又称试律诗；二是符合近体诗的六句律诗，又称三韵律诗（因有三个韵脚），或称五、七言小律。排律的名字是唐以后才有的，唐人在诗集中将其与五、七言律诗并称律诗。最早单独分出排律的是元代杨士弘《唐音》一书，后世才开始沿用。排律要在符合格律的基础上进行如此大规模的创造，这对声律和辞藻的把握要求很高，以至创作者较少，有名气的也较少，名家倒有杜甫、元稹、白居易。

　　说过比较生僻少见的排律，要讲讲大家熟悉且最为重要的绝句与律诗。先说绝句，仅精悍之四句。"绝"字应当有断开的意思，有人认为它是截断律诗一半而成，故又称截句。其实绝句出现早于律诗，学者们根据清代赵翼在史书中所得，推论绝句源于晋宋年间多人联句的一种作诗娱乐方式，即几个人每人四句写成一首诗，有时接不下去，首唱的四句便成了"绝句"，又叫断句，因韵味独特为时人流传，也有说法认为绝句最早可追溯到汉乐府中的四句短歌，后人称之"古绝句"，吴声、戏曲主要体裁就是这种五言四句。唐人所写绝句确有源于以上两者的两种风格，唐以后绝句的源流难以明晰，人们多用绝句概括五、七言的四句诗，包括了古绝和律绝。还有至今少见的六言绝句，多合乎近体格律，王维、王安石、黄庭坚有过作品，南宋刘克庄就曾在分类唐宋绝句时把六言单列一体，并评价其"尤难工"，六言绝句着实始终未能流行。

再讲律诗，定有八句。五言律诗在初唐"沈宋"（沈佺期、宋之问）手中定型，到初唐四杰（王勃、杨炯、卢照邻、骆宾王）时已经成熟，五律在初盛唐时期风格较为正宗，以兴象高华、自然神韵为最高境界。晚唐贾岛则注重苦吟及反复锤炼意象。七律大致在唐中宗景龙年间定型，整体发展要晚于五律。风格较五律多样，难学而易工，名家有祖咏、李颀、高适、王维、杜甫等。

乐府与歌行

乐府二字来源很重要，汉初历经战乱佚失雅乐，郊祀无曲，汉武帝由是主张设立乐府这一机构。东汉时置立黄门鼓吹，新声与俗曲都不断增多。魏晋南北朝出现新的乐府体裁，东晋以来流行的以吴声、西曲、乐府民歌为主。曹魏时期有不少文人按乐府曲调作乐府诗，成为乐府诗的开端。开始文人乐府多入乐，但从曹植、陆机开始大多不入乐，成为拟乐府的开端。所谓拟乐府，就是采用旧乐府的曲题，语言、风格、题材与旧曲相关，但多不入乐。拟乐府在唐人那里又称古乐府或古题乐府。后来又有了甚至不用乐府旧题，自创新题，但形式上模仿歌曲体式的文人乐府诗，称为新题乐府，即新乐府。新乐府以其现实精神著称。元稹、白居易便是提倡"即事名篇，无复依傍"的新乐府流派创始人。

收入乐府的诗本来就是用于声乐的乐章和歌词，所以从广义上讲自唐代起入乐的五七言绝句、唐宋词、金元戏曲都曾称为乐府。今天狭义来说，则专指古体诗中的一种，即由汉乐府、南北朝乐府（吴声西曲、横吹曲辞等）以及文人拟乐府等构成的。

歌行在古诗中极为常见，高中语文课本中《琵琶行》便是典例。歌行体源于唐代之前的古乐府，形式上句式长短不齐，韵脚平仄不拘，还可以自由换韵，内容上善于叙事写实及加以议论，语言较为通俗，有

"老妪能解"的效果。不过歌、行还是略有区别的，明代徐师曾在《文体明辨》中作以分别："放情长言，杂而无方者曰歌；步骤驰骋，疏而不滞者曰行。"大致说来，"歌"强调纵情不拘，"行"强调流畅自然，这一点在写作中还是不太好分别的。

歌行与乐府最主要的联系在于语言特色的继承性，也就是长于叙事写实的特点。

柏梁体

柏梁体的来源与前文所讲绝句的来历一样都是联句诗。传说汉武帝建柏梁台，与群臣联句作诗，一韵到底，故称"柏梁（台）体"。柏梁体最大的特点是句句押韵，但还要注意柏梁体都是七言而没有其他字数，内容上对句意的连贯性要求不严。以柏梁体为代表的联句诗非常具有文人墨客的娱乐性，在魏晋文人中流行，也在朝廷宴会中出现。比如唐中宗诞辰时，群臣就宴中联句效仿柏梁体，柏梁体用以指句句用韵的七言古诗，实际上鲍照以前，七言诗都是句句用韵，南北朝以后才隔句押韵，于是有了柏梁体单指连韵七言诗的说法。

骚体

骚体源于《离骚》，由屈原始创。主要以《楚辞》诸篇为代表，骚体在《诗经》四言诗基础上融合楚地民歌特色，主要的识别标志是句中或句末带有"兮"字。如"帝高阳之苗裔兮，朕皇考曰伯庸"，又如"大风起兮云飞扬"，以六、七言为主，句式整体上是整齐的。

宝塔体

形如等腰三角形，即字数从第一句的一字逐渐对称递增，往往增至七字，当然有的更多。古人的宝塔诗（不算第一个字的话）是以联为单位堆叠起来的。这种诗体具有很强的美感，至今在青年学生中非常流行，即很多文学杂志中可见的"百字诗"。与古人不同，其整体可以是菱形，有首句一字，逐渐递增再递减回一字，以半句为单位而不以一联为单位。

集句体

即选取前人现成诗句重组成一诗，比较巧妙的是要求内容连贯完整且能出新意，句子搭配符合格律，比较有名的擅长集句的是王安石，在明清词曲中也比较常见。

第二节　音韵

一、古今音韵学知识简说

1. 现代汉语音韵常识（普通话）

对于一个汉字的读音，随着人们距小学时代渐远，或多或少对系统性的书面知识有所遗忘，现简要回顾一下。

一个汉字的拼音由声母和韵母构成。声母包括b、p、m、f、d、t、n、l、g、k、h、j、q、x、zh、ch、sh、r、z、c、s。

韵母构成非常复杂，它们由元音组合而成，具体如下：

	i	u	ü
a	ia	ua	
o		uo	
e	ie		üe
ai		uai	
ei		uei	
ao	iao		
ou	iou		
an	ian	uan	üan
en	in	uen	ün
ang	iang	uang	
eng	ing	ueng	
ong	iong		

其中 i 列、u 列、ü 列前面无声母搭配，进行单用时写作 yi、wu、yu，如衣 yi、乌 wu、鱼 yu。

韵母分类为单韵母（单个元音）、复韵母（两个或三个元音）、鼻韵母（含鼻音 n、ng）。

鼻韵母或复韵母内部还要分为三部分：韵头、韵腹、韵尾。韵头只有 i、u、ü。韵腹由 a、o、e（e 单用时写作 ê）、i、u、ü、er 充当。韵母 iou 中，i、o、u 分别为韵头、韵腹、韵尾；üe 中 ü 是韵头，e 是韵腹；ai中a是韵腹（a不做韵头），i是韵尾；ing中i是韵腹，ng是韵尾，这个比较难区分。不过诗歌的押韵往往不计韵头，韵腹及韵尾相同及相近就属一个韵，注意韵脚与韵尾的区别，韵脚指诗歌押韵所用的末尾字。

韵母上标有声调，即一、二、三、四声，分别称为阴平、阳平、上声、去声。

2. 古代汉语音韵常识

古代汉语在没有西方字母拼音传入的情况下，读音的标识是不直接的。早期主要有以下三种方法。

譬况法：用描写性的语言说明某个汉字的发音状况。

读若法：写作"A读若B"，AB读音相近。

同音相注法：写作"A音B"，AB读音相同。

读若法往往不够准确，而同音相注则要求音乃至声调相同。这种方法有一定缺陷，有时一个字没有同音字或同音字也生僻不会读，那就只能牵强了。后期便发展出古代长期沿用的反切法，写作"X，AB切"，普遍用于《康熙字典》中，"AB切"中，A是声母所在的字，B是韵母所在的字。"反切"二字的含义就在于切和拼合，用A字的声母与B字的韵母组成一个字的读音，反切法起源较早，具体时期还有争议，但至少汉末已经出现。

那么古汉语的声调呢？古汉语分为平声和仄声，"仄"就是险仄不平的意思。仄声又分为上、去、入三声。这与现代普通话出入很大，据学者们考证，平声后来分为阴平、阳平，上声一部分成了去声，去声没有变化，入声字在现代普通话中已经没有了，出现了"入派三声"即入声字变成其他三声的现象。实际上今天很多地方方言仍留有入声字，比如浙闽、两广乃至山西、内蒙古自治区都有所保存，湖南也有入声字的类别，只是读音不再短促。古人毕竟作诗时区分入声字，所以今天读来很多诗有的字感觉并不朗朗上口，比如"野径云俱黑，江船火独明"一句，我们会在电视节目中听见有学者把"黑"读成"鹤","独"读成"妒"，并且还要短促有力一些，这便是在将其还原回入声字。

二、古诗中的音韵

押韵

　　人们对诗歌最基本的认识便是押韵，民歌中，打油诗中都有对押韵的自觉。从世界范围来看，很多民族诗歌押韵的传统也自不用说。但无论与西方如英文诗还是与今天白话诗、欧体诗相比，通过之前对音韵问题的介绍我们不难看出，中华传统诗歌对押韵的要求细致而严格，由此也产生了难得而可贵的音韵美感。

押韵的整体要求

　　首先是押韵的位置，一句中当然是每句最后一字处，称为韵脚。句之间则要在偶数句（双句）押韵，因为押韵固然是音韵美的体现，但句句入韵则给人过分连绵的顺口溜式的感觉，隔句押韵才显得错落有致，有所转换变化，不至于弄巧成拙，体现押韵的少而可贵。双句押韵是古体诗和近体诗的共同要求，但近体诗不论是五言还是七言，其首句可押韵也可不押韵，如果押韵，既可押与全诗其他韵脚相同的字，也可押韵音相近的字，称为邻韵，具体在后面会讲到。

其次，押韵的用字，笼统地来说，押韵要求韵母相同或相近。严格说来，今天看来很多韵母相同或相近的字在古代并不同韵，因为古音与今音有异，比如"东"与"冬"在古代读音就不一样。这就需要我们参考古人的韵书，即古人将合乎韵规则的字归类整理出来的字典一般的工具书。不同诗体要求不同，古体诗要求宽泛，平声韵或仄声韵都可以，但后人为区别往往押仄声，全诗用韵可以不同，可以换韵，但与近体诗首句要求一样尽量押邻韵；近体诗必须押平声韵，且一韵到底，中途不得换韵。

第二部分　古诗之形式

韵书

如前面所说，今天人们创作严格的古典诗词要参考古人的韵书。韵书即把字按同韵要求归类注明的字典，韵书中同韵字所归出的类别称为韵部，每个韵部有一个代表字成为韵目。韵部的名类总体上来说发展趋势是减少的，即不如之前那样严格。

简单叙述韵书的发展历程：《切韵》是现存最早的韵书，其实至少在六朝就开始出现韵书。《切韵》是隋代陆法言整理出的，源于当时隋文帝时期，很多学者比如颜之推、卢思道等聚在一起讨论音韵以解决韵书分类纷乱不一的问题，建立统一的正音标准，其审定出的标准就由陆法言来记录。《切韵》中有一万两千多字，分为一百九十三个韵部。在此之前，诗人用韵多以口语为标准，自此建立以韵书为标准的基础，唐代自开元、天宝年以后科举都以《切韵》为准。

《切韵》之后，人们不断加以修订，形成《切韵》系列韵书，至宋代《广韵》，则达两万六千余字，分二百零三个韵部。

南宋刘渊（江北平水人）编订《平水韵》，当时分成一百零七个韵部，元代阴时夫则分成一百零六个韵部。二人共同奠定平水韵基础，其总体也是因袭前人得来。平水在如今的山西临汾，因为该韵书在那里刊定并发行，所以得名平水韵，明清科举便以平水韵为准。到了清代康熙年间出现《佩文诗韵》《佩文韵府》也是一百零六个韵部，并无实质上的大变化。

今天学者们根据普通话读音的变化不断整理出新的韵书，比如《诗韵新编》分十八个韵部保留入声字，《中华新韵（十四韵）简表》则分十四个韵部不再区分入声字，这些在创作白话诗时自然可以参考。对于创作古诗词，还是有争议的，更多的学者主张尊重传统用平水韵。笔者认为，用韵的规范归根结底在于达到音韵美的标准。当代人在重新创作古诗词时以平水韵为严格要求固然好，但只要音韵和谐，不在平仄有别的大问题上出错，使用合乎现代语音的韵也无妨，毕竟时代发展下语音更变，因而不能完全保守旧规，要在弘扬传统音韵美的同时适应并促进发展当今人民群众喜闻乐见的诗词形式。但如果想吟诵古人诗词，还是要回到其时代下的语音环境，尤其区别入声字，按照平水韵的标准，不能破坏其原有和谐的音韵美。

有了韵书作为工具，写诗就有了定韵后再查找可用的韵字的便利，这一点非常适合初学者，但每个韵部中字数有多有少，字数较多的自然选择余地比较宽泛，称为宽韵，相反字较少则称为窄韵，字数更少的也叫险韵。

韵的选定可以很好地体现诗歌创作的不同情形或场合。一般平时闲来作诗，往往是偶得佳句，由一句或几句扩为全诗，即不一定都要先定好韵。先定韵的，可能是文娱活动如比赛、友人应酬乃至科举考试等。古人作诗相互应和往往体现在用韵的联系上，今人如果有，当然佳兴。和韵即指据别人或自己前首诗用的韵来写，有这样几类：次韵，又称步韵，即限用之前的韵字且顺序不变；用韵，即限用前诗韵字但次序可变；依韵，即限用前诗韵部，当然具体韵字可以不同；叠韵，在这里（不同于"双声叠韵"中指同一句联绵词两字韵母相同）指依照自己前诗用过的韵字及次序再作诗；分韵，数人一起作诗，选几个韵部，往往备有韵牌，个人拈牌定韵，又称拈韵。之前说过近体诗首句可押邻韵、古体诗可换邻韵的问题，邻韵，顾名思义指两个或多个韵部相邻，要求也比较严格，不是随意挨着就是邻韵，平水韵中邻韵的限定如下：

类	平声	上声	去声	入声
一	东冬	董肿	送宋	屋沃
二	江阳	讲养	绛漾	觉药
三	支微齐	纸尾荠	寘未霁	质物月（部分）
四	鱼虞	语麌	御遇	曷黠屑月（部分）
五	佳灰	蟹贿	泰卦队	陌锡

六	真文元①	轸吻阮②	震问愿③	职
七	寒删先元④	旱潸铣阮⑤	翰谏霰愿⑥	缉
八	萧肴豪	筱巧皓	啸效号	合叶洽
九	歌	哿	个	
十	麻	马	祃	
十一	庚青	梗迥	敬径	
十二	蒸			
十三	尤	有	宥	
十四	侵	寝	沁	
十五	覃盐咸	感检赚	勘艳陷	

①④：元至谖归第七类，其字归第六类。
②⑤：阮至偃归第七类，其字归第六类。
③⑥：愿至圈归第七类，其字归第六类。

　　实际平、上、去声的第六、七类可以通用，解决部分字分开的问题，入声第三、四类可以通用。

　　除之前所说两种用邻韵的情形外，律诗中也有一些变格允许整体上邻韵通押。典型的代表从唐代诗人到现代的鲁迅、郭沫若等都有。具体有几种形式：飞雁入群格，即尾句用邻韵；进退韵格，即第二、六句同韵，第四、八句又用邻韵；辘轳韵格，即第二、四句同韵，第六、八句邻韵；葫芦韵格，一般在首句押韵的律诗中，第一、二句一个韵，第四、六、八句又一个韵，同为前者邻韵。

第三节 格律

一、基本规律

学格律诗主要是学近体诗，近体诗的魅力、形式的核心就在于平仄有规律地演替，即古诗格律的核心内容。这一部分往往是古诗格律中最难的部分，也是大多业余爱好者涉猎稍浅的地方。其实此处说难也难，说简单亦简单。难者，在于从理论到实践往往难以得心应手，自然而然地过渡从而应用，很多人恐怕只能按固定的格式拼凑填入；说简单者，在于平仄规律相对于其他学科比如数理逻辑等要容易理解。

平仄格式出现的原因，使用的目的笼统地说是使音韵和谐，相关的一些内容在上一节谈过。音韵之和谐再究其根本则要牵涉到语言学、美学乃至生物学、物理学等等，这里限于篇幅和笔者学识水平不再细说，留待读者深入探究。

平仄格式演化的规律则可以大致概括如下：

平仄格式原理 { 句中：相间律（前后字）
句间：相对律（出对句）

相粘律（上下联）

这些原理都是基于四声有别的特殊性，上一节谈过何为四声，在这里则具体讲四声的特点。

1. 四声特点及在平仄格式中的应用

几年前翻《康熙字典》，其中就载有《分四声法》："平声平道莫低昂，上声高呼猛烈强，去声分明哀远道，入声短促急收藏。"讲法可能不够准确，但足以理解四声特点：平声字绵长而不用费力，上声字是低升调需要舌头用力一转，比较用力费事，去声字是高降调更加清脆嘹亮，入声字则要短促有力显得深切而直接。这四者我认为可以大概用下图表示：

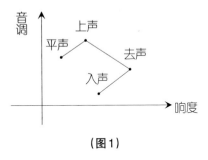

（图1）

其实这对四声韵音的揭示是不准确的，因为除平声中阴平外，其余声调都是动态表现的。现代汉语语音学中描写调值一般采用赵元任创制的"五度标记法"，把音高分为高5度、半高4度、中3度、半低2度、最低1度，即如下：

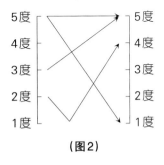

（图2）

中间的连线即普通话中各声调的动态变化过程：

阴平（高而平5度→5度）、阳平（中升调3度→5度）、上声（先降后升2度→1度→4度）、去声（全降调5度→1度）。这里是现代汉语语音更准确的表述，所以没有入声。

还有音长的问题：上声音最长，阳平次之，阴平又次之，去声更短，入声最短。可能因古今音有别，大多数讲解格律的书都基本如图1表述，好在平仄格式只需要掌握平与仄声的基本区别即可：

平声音长，调不升不降（基本上来说，因古时不区分阴平、阳平）；仄声音短，或升或降。"仄"就是不平的意思。

2. 相间律

相间律指诗中一句里平仄字交替递用的关系。为什么要交替相间地使用平仄呢？主要在于平声是长而平的，仄声是短而不平的，连续单用一个会显得平淡单调，交替使用则显得抑扬顿挫。好比是打鼓要轻重音交替。背过鼓谱的人往往会有更亲切的感受。"平平仄仄平"也就好比是"长长短短长",相间律构成了一句之内的音韵和谐。相间律往往以两个字为单位,不能太富于变化而一字一替。但五言、七言作为近体诗的基本定数,都是奇数字,必要有一个字单独,这一个字往往在句中(五言第三字、七言第五字)或句尾,并作为单独语素。这样一来,五言一句中有三种位置:AA　A　BB 或AA　BB　A,七言一句中有四种位置AA　BB　B　AA 或AA　BB　AA　B,但每相邻位置之间关系固定即平仄相反,第一个位置有两种选择,确定首位即知所有位置,但中间位置(五言第二位置、七言第三位置)虽被确定平仄,却有两种选择即同音一字或两字,由排列组合的规律可知其种类数 $= C_2^1 \times C_2^1 = \dfrac{2 \times 1}{1} \times \dfrac{2 \times 1}{1} = 4$ 种

$$\left(C_n^m = \dfrac{n(n-1) \times \cdots \times (n-m+1)}{1 \times 2 \times 3 \times \cdots \times m}, \ n \geqslant m \right)$$ 这四种如下:

七言	五言	
①仄仄	平平仄仄平	（仄平脚句型）
②平平	仄仄平平仄	（平仄脚句型）
③仄仄	平平平仄仄	（仄仄脚句型）
④平平	仄仄仄平平	（平平脚句型）

竖线后是五言，竖线前是七言多出的两个字。这四种句型往往以其末尾两个字来确定，显而易见末两字是唯一的，所以可以确定整句。

以两字为一节奏是相间律的正格，原则上满足平仄交替，有些位置的字可以改变，但又有很多限制，后文会逐渐讲明。四种句型便可以变为：

七言	五言
①仄仄	平平仄仄平
②平平	仄仄平平仄
③仄仄	平平平仄仄
④平平	仄仄仄平平

注：下划线表示该字可平可仄。

3. 相对律与相粘律

相对律指同一联中出句与对句平仄相反，相粘律指两联之间上联对句与下联出句平仄相同。这两个规律结合相间律就确定近体诗无论律诗还是绝句的整体。实际上就是四种基本句型的位置排序。

我们发现相粘律所要求的平仄相同，如果完全相同则会出现周而复始、没有变化的情形，如：

仄仄平平仄，平平仄仄平。

平平仄仄平，仄仄平平仄。

所以相粘律要求五言第二字，七言第二、四字相同，句型不能重复。如：

仄仄平平仄，平平仄仄平。

平平平仄仄，仄仄仄平平。

相对律、相粘律一般就叫对和粘，没有遵循规律即叫"失对"和"失粘"，格律的基本原理被打破了当然是大忌。

按照三大规律我们可以得出律诗和绝句的全部

格式：

（1）五言绝句

a. 首句仄起仄收（平仄脚）

仄仄平平仄，平平仄仄平。

平平平仄仄，仄仄仄平平。（注：．表示韵脚。）

诗例：

相思（作者：王维）

红豆生南国，春来发几枝。

愿君多采撷，此物最相思。

（请注意，在上述诗句中，国、发、撷都是仄声。）

b. 首句仄起平收（平平脚）

仄仄仄平平，平平仄仄平。

平平平仄仄，仄仄仄平平。

诗例:

塞下曲（作者：卢纶）

林暗草惊风，将军夜引弓。

平明寻白羽，没在石棱中。

c. 首句平起仄收（仄仄脚）

平平平仄仄，仄仄仄平平。

仄仄平平仄，平平仄仄平。

诗例:

夜宿山寺（作者：李白）

危楼高百尺，手可摘星辰。

不敢高声语，恐惊天上人。

d. 首句平起平收（仄平脚）

平平仄仄平，仄仄仄平平。

仄仄平平仄，平平仄仄平。

诗例：

闺人赠远（五首之一）（作者：王涯）

花明绮陌春，柳拂御沟新。

为报辽阳客，流芳不待人。

（2）五言律诗

a. 首句仄起仄收（平仄脚）

仄仄平平仄，平平仄仄平。

平平平仄仄，仄仄仄平平。

仄仄平平仄，平平仄仄平。

平平平仄仄，仄仄仄平平。

诗例：

春望（作者：杜甫）

国破山河在，城春草木深。

48

感时花溅泪，恨别鸟惊心。

烽火连三月，家书抵万金。

白头搔更短，浑欲不胜簪。

b. 首句仄起平收（平平脚）

仄仄仄平平，平平仄仄平。

平平平仄仄，仄仄仄平平。

仄仄平平仄，平平仄仄平。

平平平仄仄，仄仄仄平平。

诗例：

观猎（作者：王维）

风劲角弓鸣，将军猎渭城。

草枯鹰眼疾，雪尽马蹄轻。

忽过新丰市，还归细柳营。

回看射雕处，千里暮云平。

c. 首句平起仄收（仄仄脚）

平平平仄仄，仄仄仄平平。

仄仄平平仄，平平仄仄平。

平平平仄仄，仄仄仄平平。

仄仄平平仄，平平仄仄平。

诗例：

山居秋暝（作者：王维）

空山新雨后，天气晚来秋。

明月松间照，清泉石上流。

竹喧归浣女，莲动下渔舟。

随意春芳歇，王孙自可留。

d. 首句平起平收（仄平脚）

平平仄仄平，仄仄仄平平。

仄仄平平仄，平平仄仄平。

平平平仄仄，仄仄仄平平。

仄仄平平仄，平平仄仄平。

诗例：

风雨（作者：李商隐）

凄凉宝剑篇，羁泊欲穷年。

黄叶仍风雨，青楼自管弦。

新知遭薄俗，旧好隔良缘。

心断新丰酒，销愁斗几千。

（3）七言绝句

a. 首句仄起仄收（仄仄脚）

仄仄平平平仄仄，平平仄仄仄平平。

平平仄仄平平仄，仄仄平平仄仄平。

诗例：

绝句（作者：杜甫）

两个黄鹂鸣翠柳，一行白鹭上青天。

51

窗含西岭千秋雪，门泊东吴万里船。

b. 首句仄起平收（仄平脚）

仄仄平平仄仄平，平平仄仄仄平平。

平平仄仄平平仄，仄仄平平仄仄平。

诗例：

苏台览古（作者：李白）

旧苑荒台杨柳新，菱歌清唱不胜春。

只今惟有西江月，曾照吴王宫里人。

c. 首句平起仄收（平仄脚）

平平仄仄平平仄，仄仄平平仄仄平。

仄仄平平平仄仄，平平仄仄仄平平。

第二部分　古诗之形式

诗例：

饮湖上初晴后雨（作者：苏轼）

水光潋滟晴方好，山色空蒙雨亦奇。

欲把西湖比西子，淡妆浓抹总相宜。

d. 首句平起平收（平平脚）

平平仄仄仄平平，仄仄平平仄仄平。

仄仄平平平仄仄，平平仄仄仄平平。

诗例：

早发白帝城（作者：李白）

朝辞白帝彩云间，千里江陵一日还。

两岸猿声啼不住，轻舟已过万重山。

（4）七言律诗

a. 首句仄起仄收（仄仄脚）

仄仄平平平仄仄，平平仄仄仄平平。

平平仄仄平平仄，仄仄平平仄仄平。

仄仄平平平仄仄，平平仄仄仄平平。

平平仄仄平平仄，仄仄平平仄仄平。

诗例：

闻官军收河南河北（作者：杜甫）

剑外忽传收蓟北，初闻涕泪满衣裳。

却看妻子愁何在，漫卷诗书喜欲狂。

白日放歌须纵酒，青春作伴好还乡。

即从巴峡穿巫峡，便下襄阳向洛阳。

b. 首句仄起平收（仄平脚）

仄仄平平仄仄平，平平仄仄仄平平。

平平仄仄平平仄，仄仄平平仄仄平。

仄仄平平平仄仄，平平仄仄仄平平。

平平仄仄平平仄，仄仄平平仄仄平。

诗例：

蜀相（作者：杜甫）

丞相祠堂何处寻，锦官城外柏森森。

映阶碧草自春色，隔叶黄鹂空好音。

三顾频烦天下计，两朝开济老臣心。

出师未捷身先死，长使英雄泪满襟。

c. 首句平起仄收（平仄脚）

平平仄仄平平仄，仄仄平平仄仄平。

仄仄平平平仄仄，平平仄仄仄平平。

平平仄仄平平仄，仄仄平平仄仄平。

仄仄平平平仄仄，平平仄仄仄平平。

诗例：

酬乐天扬州初逢席上见赠（作者：刘禹锡）

巴山楚水凄凉地，二十三年弃置身。

怀旧空吟闻笛赋，到乡翻似烂柯人。

沉舟侧畔千帆过，病树前头万木春。

今日听君歌一曲，暂凭杯酒长精神。

d. 首句平起平收（平平脚）

平平仄仄仄平平，仄仄平平仄仄平。

仄仄平平平仄仄，平平仄仄仄平平。

平平仄仄平平仄，仄仄平平仄仄平。

仄仄平平平仄仄，平平仄仄仄平平。

诗例：

咏怀古迹（五首之三）（作者：杜甫）

群山万壑赴荆门，生长明妃尚有村。

一去紫台连朔漠，独留青冢向黄昏。

画图省识春风面，环佩空归夜月魂。

千载琵琶作胡语，分明怨恨曲中论。

第二部分　古诗之形式

4. 平仄格式演化归纳（基本格式）

如果只停留在将格式谱应用于创作，那是笔者最不想见的。初学者往往因为对格律不能深入理解或没有用心思考而陷入"填诗"的机械处境，这亦是笔者曾有过的经历。古诗的平仄格式要能够清楚准确地在心中推演再加以语言音韵上的配合，这是带有中间环节的，如果应用娴熟甚至可以去掉中间步骤，直接上言接下言而合格律，便成"七步作诗"或"出口成章"的境界。

那么，要想尽量做到格式熟稔于心，根本上要对格律三个基本原理有深刻并带有实践意义的理解，这是对我们诗歌创作有益的，即由知其然得出其所以然。但不得不说抽象化毕竟是短时记忆的好方法，所以现在还是有很多讲解格律的书将句型分为1、2、3、4或是A、B、C、D，抑或是甲、乙、丙、丁，组合在一起形成密码式的诗谱，当然也有专门编辑诗词格式谱的，对于这一方法笔者有些臆见：一是诗谱用来当工具书者，读者作诗因为不知其所以然而只能照填，但诗歌创作要求突破桎梏，更不宜有拐棍，照填虽方便但只适合初学者；二是密码式的格律规律虽便于读者速记，但不宜长时记忆，而且抽象化一层就是给自己由思绪到笔尖的过程加一道隔膜。总之，这两类还是应该避免的。

格律诗有着本质上基于音韵美的原理、形式上"以点带面"的特征所表现的基本规律，它就好讲好记。

辩证唯物主义讲本质决定形式表象，形式反映内容，本质是掩盖在表象之下的，只有通过表象形式才能揭示本质这一简明规律。音韵规定了诗词格律的实在本质，这在创作而不是探索反思原理的过程中很难把握，所以我们从"以点带面"的格律特征入手，这样既帮助记忆与应用，又能给溯回本质留一条路。

我们这里先只说基本格式。以点带面，"面"是全诗已定，五绝四种、五律四种、七绝四种、七律四种。那么"点"是什么？这个能确定整体的点在句中是两个字、在全诗中是首句，这两者确定，其所在整体就唯一确定。

就基本句型而言，比如我们确定了该句最后一个字（尾字），不论五言七言，倒数第三个字与之必平仄相反，倒数第二个字与倒数第四个字平仄必相反，倒数第二个或倒数第四个字与倒数第三个或尾字则平仄可同可反，倒数第五个字除了仄平脚只能平声外，是随意的，以与倒数第四个字平仄相同为正格。因为我们是从尾字开始的，所以"倒数"是合理的，这样可确定所用句型。当然七言中还要确定倒数第六个字与倒数第四个字平仄相反，倒数第七个字是随意的。但这种方法是需在草纸上推演的，因为我们倒着确定了，对"出口成章"式的，要从头开始：五言句先确定前两个字，以第二个字为关键（当然推出为仄平脚还要把第一个字定位平声），第三个字与第二个字可平仄相同或相反，第四个字与第二个字必相反，尾字与第三个字必相反；七言句，前两个字中仍以第二个字为关键，然后确定第三、四两个字，第四个字与第二个字必相反，第三个字随意（当然若推成仄平脚要返回检查把第三个字定为平声，至于即兴出口作诗则要对这方面注意，第二个字为仄，则第三个字若用仄，尾字就不能为平，第三个字为平，可随意，前面讲的五韵也是如此），第五个字可随意，第六个字必与第二个字同、与第四个字反，第七个字必与第五个字相反。总结为：五言句二、四字相反，三、五字相反，二、四与三、五的搭配有两种选择；七言句二、四字相反，四、六字相反，五、七字相反，二、四、六与五、七的搭配有两种选择；仄平脚句型七三、五一必用平。

就全诗而言，要把对和粘考虑进去。先从绝句入手，我们会发现，一句中二、四两字在句中呈现第二句与第一句相反，第三句与第二句相同，第四句与第三句相反，如果是七言同理也要把第三个字算进去。我们知道二、四字不能确定一个句型，所以确定首句

二、四字的平仄，全诗有两种情况，但只变在首句，五言中，二、五字相反的两个组合之一即可，七言中五、七字相反的两个组合之一即可。我们怎样确定首句二、四（七言中还有六字）就确定除首句外的三句呢？因为确定首句二、四字，就确定第二句二、四字，但第二句是偶数为押平声韵，则确定五言中三、五字或七言中五、七字，便确定第二句；同理确定第三句二、四字（因为对粘要求在二、四及七言中六字），而之前的不能循环重复，也就确定了三字或五、七字，第四句理同第二句，这是绝句，而律诗是两绝句相叠。我们发现确定首句二、四字，有两种律诗，但也只在首句有同绝句的选择，这是因为下一半绝句因粘对及偶句押平声韵的要求有了与绝句相同的限制。当然如果不从首句开始，随便某一句中的二、四字确定也有同样的情形。

举个实际例子，比如我们已知五言律诗第五句二、四字为仄、平，可有如下推演：

仄 平

对粘
⇒

仄平	平仄
平仄	仄平
仄平	平仄
平仄	仄平

押韵
⇒

仄平	平仄平
平仄	仄平仄
仄平	平仄平
平仄	仄平仄

⇒

仄 平	平平仄仄平
平平仄仄	仄仄平平
仄仄平平	平平仄仄平
平平仄仄	仄仄平平

首句两种
 ⇒ 仄平平仄   仄仄平平 ⇒ 确定全诗

对于基本格式（正格）的平仄推演至此做如下归纳：

一句中 { 五言：二四反、三五反⇒二(四)+三(五)又定一句
　　　　{ 七言：二四六相邻反、五七反⇒二(四、六)+五(七)定一句

一篇中 { 任一句二、四等定除首句外全诗
　　　　{ 首句再定三(五)、五(七)定全诗

二、变格——拗与救

　　上一节讲过基本正格，但诗人实际创作过程比较灵活，允许一些变格的出现，拗句即不合基本句式平仄要求，救是补救拗句。

第二部分 古诗之形式

比较常见的有五种：

1. 本句自救（孤平拗救）

仄平脚句型，五言第一个字、七言第三个字本来只能用平声而用了仄声，则本句中五言第三个字、七言第五个字以平声相救：仄仄　平平仄仄平——仄仄　仄平平仄平。

2. 对句相救之小拗可救可不救

出句为平仄脚句型，五言第三个字、七言第五个字用了仄声，在对句五言第三个字、七言第五个字用平声补救，也可以不救。

3. 对句相救之大拗必救

出句为平仄脚句型，五言第四个字、七言第六个字用了仄声，在对句五言第三个字、七言第五个字必用平声补救。

4. 本句与对句拗救并用

大拗或小拗救的同时把孤平也补救了，这可以是巧合也可以是有意为之。比如：溪云初起日沉阁，山雨<u>欲</u>来<u>风</u>满楼。

日：小拗　　欲：孤平　　风：救

这里的"风"字就达到了一字双救的效果。

5. 特拗

指原本为：<u>仄仄</u>　平平平仄仄句型，倒数第二、三字平仄互换，则五言第一个字、七言第三个字必用平声，变为：<u>仄仄</u>　平平仄平仄。这在唐朝时期往往成为时尚用法，常出现在律诗第七句、绝句第三句中。

三、注意问题

1. 八病：八病说是永明时期沈约总结的。

平头：五言诗出句一、二字不能与对句一、二字声调相同。

上尾：五言诗出句尾字与对句尾字不能声调相同。

蜂腰：五言诗一句中二、四字声母不能同或者

二、五字不能同为浊音声母而第三字是清音声母。

鹤膝：五言诗首句尾字不能与第三句尾字同声调。

大韵：五言诗两句内不能有与韵脚同一韵部的字。

小韵：五言诗两句各句中除叠韵外不能有同一韵部的字。

旁纽：声母相同的字叫旁纽，五言诗两句中不相连的两处不能有声母相同的字。

正纽：韵母同而声调不同的字叫正纽，五言诗上下两句不能杂用声母、韵母相同的字。

很显然以上八病太过于严苛凌乱，实际创作中很少有人遵循。

2. 孤平：指韵句中除韵脚以外只有一个平声字，实则专指仄平脚句型。我们之前总在强调仄平脚句型，是因为古人规定犯孤平是大忌，在科举考试中算不合格的。

3. 避上尾：八病中也有上尾，这里上尾更广义地指律诗四个出句尾字连用两个上声或去声或入声，这一点不是必要规定，当然出句尾字平、上、去、入四声俱有是最理想的。

4. 不重字：除了双声用法之外，诗中尽量不出现相同的字，如果必须要有也可。

5. 三平尾、三仄尾：三平尾是近体诗中不能允许的，而三仄尾作为变格允许但不宜使用，若用仄必须为：仄仄　平平仄仄仄。仄仄　仄平仄仄仄的情形在杜甫诗中倒是存在。

6. "一三五不论，二四六分明"的口诀：很显然这口诀有误。首先仄平脚犯孤平，不能"一不论"；其次变格的情形有些可以允许，不必尽"分明"。

7. 广互救：本来不必救也用救。七言一、三字除犯孤平外本可不论，也用一或三字在本句相救，有的还在对句中一字与一字互救或三字与三字互救，甚至还有除本句自救之外，对句又救一次。如：仄仄平

平平仄仄，平平仄仄仄平平→平仄仄平平仄仄，仄平
平仄仄平平。

四、特殊变体举隅

1. 入律仄韵诗：与平韵格律相反，对粘要求相同。近体诗韵尾字平声必入韵，仄韵诗仄尾作尾不必。

2. 阳关体：从《阳关曲》推演过来而得名，今有《阳关三叠》一曲。注意阳关体本质应该属唐教坊曲，是一种词。格式上是七言绝句平起式失粘，第三、四句为拗句，第二句第五字和第三句第七字须用上声，很像近体律绝。即：仄平平仄仄平平，仄仄平平仄仄平。仄平仄仄仄平仄，平仄平平平仄平。最著名的就是王维《送元二使安西》。

3. 折腰体：诗中腰部（绝句第二、三句，律诗颔、颈联）有规律地失粘，使下联和上联平仄格式相同或相近但意思不断，如韦应物《滁州西涧》。

4. 辘轳体：写律诗五首，每首分别用一、二、四、六、八句的一句完全相同；或绝句四首，一、二、三、四句分别相同，在第三句需为仄韵，或绝句三首，在一、二、四句分别相同也就无须换韵。

5. 回文体：正读顺读都能顺理成章，有连环、藏头、叠字、借字、诗词双回文体等类型，不再一一赘述。

6. 六言律诗、绝句：节奏按二、二、二划分。平仄也以两字为一组，基本上奇数字平仄不拘，偶数字平仄相对符合相间与对粘；偶句入韵，一韵到底。与五、七言不同，因一句字数为偶，特点上更喜对仗，以全诗对偶为多，内容上更多用典、说理、谈禅、咏物。名篇较少，仅举一例。

山行（作者：杜牧）

家住白云山北，路迷碧水桥东。

短发潇潇暮雨，长襟落落秋风。

第四节　对仗

一、基本要求

对于为何要对仗，《文心雕龙·丽辞》中说"造化赋形，支体必双；神理为用，事不孤立。夫心生文辞，运裁百虑，高下相须，自然成对"。这一观点是受中国哲学中阴阳两合的传统辩证法影响而得出的。今天人们看对仗，认为是一种修辞格，并且经常忽视音韵方面而只关注词性词义方面。实际古人诗词对对仗的要求是音、义双重的：

1. 词性相同而两字意思相对（相同或相反）。

2. 字数相同且不能出现同一个字。

3. 平仄相反且出句尾字用仄，对句尾字用平。

还有一个精益求精的要求：忌合掌。合掌指对偶所用的词完全是同一个意思，比如用眼对目；更严格地也指句意逻辑上，正话反说的重复。但是为了强调一个观点而用同类比拟来强调效果是没问题的，这一点要注意区别。

以上是对仗在诗歌整体艺术乃至骈文中通用的规则，在古诗当中对仗的位置还有要求。

汉魏六朝文人诗使得对仗艺术发展至成熟，齐梁诗人甚至有滥用对仗的现象，谢灵运名作《登池上楼》全诗句句对仗。为革除齐梁体滥用对仗之弊，近体诗对仗基本要求在律诗中间两联对仗，首尾几乎不用对仗。但实际有很多灵活变化，可以颔联与颈联对仗、只颈联对仗，颈联对仗是律诗正格的最低要求，当然也有全诗不对仗的律诗。

二、对仗类型

对仗分为很多种类，为了创作中应用意识的提高这一点还是有必要了解一些的，我们只简要归纳如下五种分类：

1. 按要求程度分

工对：除基本要求外，对偶用语的同类要精确到一个词性下的某一类别，比如都是地理名词，往往短语结构要相同，如都是偏正、动宾、主谓等等；相反的是宽对，即词性要求较宽。

2. 按用法分

①正对、反对

②同类对、异类对

③借对（假对）：利用字的多义性或字的多音性，对仗用的含义并不是诗的用意。

3. 按内容分

①言对：直抒胸臆。

②事对：用典。

③正名对：如天地日月。

④双拟对：如春树秋池。

4. 按位置分

①流水对：指上下句虽形式并列但语义相连，合在一起句意才完整。

②隔句对（扇对）：不是上下句而是上下两联中单句与单句、偶句与偶句相对。

③当句对（就句对）：一句中就对仗。

④交错对：指特殊情况下所对词错位相对，往往是为了适应平仄而颠倒顺序。

⑤偷春格：指律诗中首、颈两联对仗。

⑥蜂腰格：指律诗中只颈联对仗。

5. 按格式音韵分

①连珠对：如萧萧赫赫。

②双声对：如黄槐绿柳。

③叠韵对：如彷徨放旷。

④联绵对：如残河若带，初月如眉。

⑤回文对：如情新因意得，意得因情新。

第三部分

附 录

附录一　平水韵常用字摘选

上平声

【一东】东同童僮铜桐峒筒瞳中衷忠盅虫冲终忡崇嵩戎绒弓躬宫穹融雄熊穷冯风枫疯丰充隆空公功工攻蒙朦笼胧聋珑蓬篷洪红虹鸿丛翁嗡匆葱聪骢通棕烘

【二冬】冬咚彤农侬宗淙锺钟龙茏舂松淞冲容榕蓉溶庸佣慵封胸凶匈汹雍浓脓重从逢缝峰锋丰蜂烽纵踪茸供蚣

【三江】江缸窗邦降双庞撞扛杠腔梆桩幢

【四支】支枝肢移为垂吹陂碑奇宜仪皮儿离施知驰规危夷师姿迟龟眉悲之芝时诗棋旗辞词期祠基疑姬

丝司葵医帷思滋持随痴维厄糜螭麾塈弥慈遗肌脂雌披
嬉尸狸炊湄篱兹差疲卑亏蕤骑歧岐谁斯澌私窥熙欺羁
颐资糜饥哀锥姨衹涯伊追茸箕椎罴蕤匙脾坻治骊怡尼
漪牺饴而推陲缍璃羸帔畸羲曦欹狝崎崖筛狮蛳绥虽
瓷痿惟唯机耆逶岯丕毗枇貔楣霉辎蚩嗤媸飔鹚笞蓠贻
禧噫其琪祺麒栀鹂累跜琵祁骐訾咨睢馗鳍蛇淇丽澌氏
僖嘻琦怩熹孜罹磁痿隋逶郦嵋椅

【五微】微薇晖辉徽挥韦围帏违闱霏菲妃飞非扉
肥威祈畿机几讥玑稀希衣依归饥矶欷诽绯晞葳巍沂颀

【六鱼】鱼渔初书舒居裾车渠余予誉舆胥狙锄疏
蔬梳虚嘘墟徐猪闾庐驴诸储除如淤妤沮苴龉茹橱於祛
疽蛆纾欤据

【七虞】虞愚娱隅无芜巫于衢儒襦濡须需朱珠株
诛铢蛛殊俞瑜榆愉逾渝谀腴区躯驱岖趋扶符凫芙雏敷
夫肤纡输枢厨俱驹模谟摹蒲逋胡湖瑚乎壶狐弧孤辜姑
觚菰徒途涂荼图屠奴吾梧吴租卢鲈炉芦颅垆孥帑苏酥
乌污枯粗都茱侏姝禺拘踽俘臾萸吁糊醐呼沽酤泸舻轳

鸬弩匍葡铺菟谇呜迀盂竽毋嚅葫呱蝴劬孚

【八齐】齐黎犁梨妻萋凄堤低题提蹄啼鸡稽兮倪霓西栖犀嘶撕梯迷泥溪蹊圭闺携畦秫跻奚脐鹥蠡醍批砒睇黄藜猊蜺鲵

【九佳】佳街鞋牌柴钗差崖涯偕阶皆谐骸排乖怀淮豺侪埋霾斋槐睚崽楷秸揩挨俳

【十灰】灰恢魁回徊槐梅枚玫媒煤雷颓崔催摧堆陪杯酷嵬推诙裴培盔偎瑰苔追胚徘坯桅傀儡莓开哀埃台苔抬该才材财裁栽哉来莱灾猜孩徕骀胎唉挨皑呆腮

【十一真】真因茵辛新薪晨辰臣人仁神亲申身宾滨槟缤邻鳞麟珍瞋尘陈春津秦频苹颦濒银垠巾民岷泯贫淳醇纯唇伦轮沦抡匀旬巡驯钧均榛莘遵循甄宸纶椿鹑屯呻粼嶙辚磷仲绅寅姻苟询峋氤恂嫔彬斌娠闽纫湮朐逡菌臻

【十二文】文闻纹蚊云分氛纷芬焚坟群裙君军勤斤筋勋薰曛醺芸耘芹欣氲荤汶汾殷雯纭昕

【十三元】元原源沅园袁猿垣烦蕃樊喧萱暄冤言

轩藩媛援辕番繁翻幡鸳蜿湲掀圈魂浑温孙门尊存敦墩炖暾蹲豚村屯囤盆奔论昏痕根恩吞扪昆鲲坤仑婚馄喷饨臀跟瘟

【十四寒】寒韩翰丹单安鞍难餐檀坛滩弹残干肝竿阑栏澜兰看刊丸完桓纨端湍酸团攒官观鸾銮峦冠欢宽盘蟠漫叹邯郸摊拦珊鼾杆蹒姗殚箪谰獾倌棺剜潘拚盘般蹒磐瞒谩馒鳗钻拵汗

【十五删】删潺关弯湾还环鬟寰班斑蛮颜奸攀顽山闲艰间患潺圜般颁讪斓娴鹇鳏殷纶

下平声

【一先】先前千阡笺天坚肩贤弦烟燕莲怜连田填巅宣年颠牟妍研眠渊涓捐娟边编悬泉迁仙鲜钱煎然延筵毡蝉缠联篇偏绵全镌穿川缘鸢旋船涎鞭专圆员乾虔愆权拳椽传焉嫣鞯褰搴铅舷踮鹃痊诠先禅婵颛燃涟琏便翩骈癫钿沿蜒芊滇佃湮狷蠲蔫骞膻扇棉拴砖挛卷扁单溅

【二萧】萧箫挑貂刁凋雕迢条髫调枭浇聊辽寥撩寮僚尧宵消霄绡销超朝潮嚣骄娇蕉焦椒饶硝烧遥徭摇谣瑶韶昭招镳瓢苗猫腰桥乔娆妖飘逍潇骁缭獠嘹夭幺邀要姚樵谯憔标飙嫖漂剽龆岧跷侥了峣描钊轺翘侨窑礁

【三肴】肴巢交郊茅嘲钞包胶苞梢姣庖匏坳敲胞抛蛟崤抄咆哮凹淆教跑艄捎爻咬炮泡刨抓

【四豪】豪劳毫操绦刀萄猱褒桃糟旄袍挠蒿涛皋号陶鳌曹遭羔糕高搔毛艘滔骚韬膏牢醪逃濠壕淘叨嗥篙熬遨翱嗷臊嗥鏖螯獒敖牦漕嘈槽掏唠涝捞

【五歌】歌多罗河戈阿和波科柯娥蛾鹅萝荷何过磨螺禾珂蓑婆坡呵哥轲沱拖驼佗颇峨俄摩么娑莎苛蹉驮箩逻锣哪挪锅诃蝌倭涡窝讹魔梭唆骡挼靴搓哦

【六麻】麻花霞家茶华沙车牙蛇瓜斜邪芽嘉瑕纱鸦遮叉奢涯巴耶嗟遐加笳赊差蟆骅虾裟裰砂衙呀琶耙芭笆疤爬葩些佘鲨查楂渣爹挝咤拿椰茄丫哑划哗夸胯抓洼呱

【七阳】阳杨扬香乡光昌堂章张王房芳长塘妆常凉霜藏场央泱鸯秧嫱床方浆舫梁娘庄黄仓皇装殇襄骧相湘箱创忘芒望尝偿樯枪坊囊郎唐狂强肠康冈苍匡荒遑行妨棠翔良航倡伥羌庆姜僵缰疆粮穰将墙桑刚祥详洋徉徉粱量羊伤汤樟彰璋猖商防筐煌隍凰蝗惶廊浪当裆珰沧纲亢吭钢丧盲簧忙茫傍汪臧琅当庠裳昂障糖锵杭赃滂攘瓢抢螳踉眶彭蒋亡殃蔷镶孀搪彷胱磅膀螃

【八庚】庚更羹盲横觥彭亨英烹平枰京惊荆明盟鸣荣莹兵兄卿生甥笙牲擎鲸迎行衡耕萌薨宏茎莺樱泓橙争筝清情晴精晴菁晶旌盈楹瀛嬴赢营婴缨贞成盛城诚呈程声征正轻名令并倾萦琼峥嵘撑坑铿鹦黥衡澎膨棚浜坪苹檠轰铮狰宁狞瞠绷怦砰氓侦茕瞠

【九青】青经泾形亭庭廷霆蜓停丁仃馨星腥醒惺俜灵龄玲铃伶零听冥溟铭瓶屏萍荧萤荣扃蜻硎苓聆瓴翎娉婷宁暝瞑螟猩钉叮厅町棂扃羚咛型邢

【十蒸】蒸烝承丞惩澄陵凌绫菱冰鹰膺应蝇绳升凭乘胜兴仍兢矜征称登灯僧憎增曾层能朋鹏肱薨腾藤

恒崩滕誊岖嶒冯症凝棱楞

【十一尤】尤邮优忧流留榴刘由油游悠攸牛修羞秋周州洲舟酬雠柔俦畴筹稠丘抽收鸠搜驺愁休囚求裘仇浮谋牟眸侔矛侯喉猴讴鸥楼偷头投钩沟幽纠啾蚯踌绸惆勾娄琉犹邹兜呦咻貅球蜉蝣浏泅酋瓯啁飕鍪抠篝诌骰偻沤蝼髅搂欧彪掊虬揉蹂抔不缪

【十二侵】侵寻浔临林霖针箴斟沈心琴禽擒衾钦吟今襟金音阴岑簪壬任歆森禁裣喑琛参忱淋妊掺参琳惆喑黔深

【十三覃】覃潭参骖南楠男谙庵含涵函岚蚕探贪眈耽龛堪谈甘三酣柑惭蓝担簪谭昙坛婪颔痰篮褴憨泔聃邯

【十四盐】盐檐廉帘嫌严占髯谦奁纤签瞻蟾炎添兼沾尖潜阎镰黏淹钳甜恬拈砭詹歼黔渐腌阉

【十五咸】咸函缄岩谗衔帆衫杉监凡馋搀喃掺巉

上声

【一董】董懂动孔总笼拢桶捅蓊蠓汞

【二肿】肿种踵宠垄拥冗重冢捧勇甬踊涌俑蛹恐拱竦悚耸巩怂奉

【三讲】讲港棒蚌项

【四纸】纸只咫是靡彼毁委诡髓累技绮此沘蕊徙尔弭婢侈弛豕紫旨指视美否几姊比水轨止市喜己纪跪妓蚁鄙晷子仔梓矢雉死履垒癸趾址以已似耜祀史驶耳使里理李起杞圮士仕俟始齿矣耻峙鲤迤氏玺巳倚匕迤逦骑旎芷拟你企诔捶屣棰揣祉恃

【五尾】尾苇鬼岂卉几伟斐菲匪娓悱蕜虺

【六语】语圄圉吕侣旅杼伫与予渚煮暑鼠汝茹黍杵处贮女许拒炬距所楚础阻俎沮叙绪屿墅巨去苣举讵湑钜咀诅抒

【七麌】麌雨宇舞府鼓虎古股贾估土吐圃户树煦诩努辅组乳弩补鲁橹睹腐数簿竖普侮斧聚午伍釜缕部

柱矩武五苦取抚浦主杜坞祖愈堵父甫禹羽怒腑拊俯罟
赌卤姥鹉拄莽栩窭脯妩庑否褛篓偻牡谱怙肚踽庨孥诂
祜沪雇仵缶母某亩蛊琥

【八荠】荠礼体米启陛洗邸底抵弟坻柢涕悌济醴
诋眯娣递昵睨蠡

【九蟹】蟹解洒楷拐矮摆买骇

【十贿】贿悔罪馁每块汇猥璀磊蕾傀儡腿海改采
彩在宰铠恺待殆怠乃载凯倍蓓迨亥

【十一轸】轸敏允引尹尽忍准隼笋盾闵悯菌蚓牝
殒紧蠢陨哂诊疹赈肾蜃膑黾泯窘吮缜

【十二吻】吻粉蕴愤隐谨近忿刎揾槿恽韫

【十三阮】阮远晚苑返反饭偃寋沅宛婉蜿绻巘挽
堰混棍捆衮滚稳本笨损忖囤遁很沌恳垦龈

【十四旱】旱暖管满短馆缓碗懒伞伴卵散伴诞罕
瀚断侃算款但坦袒缎拌懑澜莞

【十五潸】潸眼简版板阪盏产限绾柬拣撰馔皖汕
铲见栈

【十六铣】铣善遣浅典转衍犬选冕辇免展茧辨篆勉剪卷显饯践喘藓软蹇演兖件腆缅缱鲜殄扁匾蚬岘隽键变颤膳鳝舛娩辗先猭辫捻

【十七筱】筱小表鸟了晓少扰绕绍沼眇娇皎杳窈窕袅挑掉肇缥缈渺淼赵兆缴缭夭悄呇侥娆剿晁藐秒了

【十八巧】巧饱卯狡爪鲍挠搅绞拗咬炒吵佼姣昂獠

【十九皓】皓宝藻早枣老好道稻造脑恼岛倒祷捣抱讨考燥扫嫂保鸨稿草昊浩镐缟槁堡皂瑙媪袄懊葆褓澡套涝蚤拷

【二十哿】火舸舵我拖娜荷可左果裹朵锁琐堕惰妥坐裸跛颇颗祸婀逻卵那坷哆簸叵埵哆么峨

【二十一马】马下者野雅瓦寡社写泻夏也把厦惹冶贾假且玛姐舍哆赭洒剐打耍那

【二十二养】养痒象像橡仰朗桨奖蒋敞氅厂枉往强惘两曩丈杖仗响掌党想榜爽广享向飨幌莽纺长网荡上壤赏仿冈倘魍魉谎蟒嗓盎恍脏吭沆慷襁镪抢肮犷

第三部分　附　录

【二十三梗】梗影景井岭领境警请饼永骋逞颍顷整静省幸颈猛丙炳杏秉耿矿冷靖哽荇艋蜢皿儆婧狰靓悍打并犷憬鲠

【二十四迥】迥炯茗挺艇梃醒酩酊并等鼎顶肯拯溟

【二十五有】有酒首口母妇柳友斗狗久负厚手叟守否右受牖偶走阜九后咎吼帚垢舅纽藕朽臼肘韭宙剖诱牡缶酉苟丑糗扣叩某莠寿绶授蹂揉纣钮扭呕殴纠耦掊瓿拇搜绺抖陡蚪篓黝赳取

【二十六寝】寝饮锦品枕审甚衽稔凛沈朕荏婶葚禀噤怎恁饪

【二十七感】感览揽胆澹啖坎惨敢颔撼毯湛菡萏喊嵌橄榄

【二十八俭】俭焰敛险检脸染掩点贬冉苒陕谄俨闪琰奄歉芡崭堑渐捡玷

【二十九豏】槛范减舰犯湛巉斩黯范

85

去声

【一送】送梦凤洞众瓮贡弄冻痛栋恸仲中糉讽空控哄

【二宋】宋用颂诵统纵讼种综俸供从缝重共

【三绛】绛降巷撞

【四寘】置事地意志思泪吏赐自字义利器位戏至次累伪寺瑞智记异致备肆翠骑使试类弃饵媚鼻易缢坠醉议翅避帜炽粹谊帅厕寄睡忌贰萃穗二臂嗣吹遂恣四季刺驷寐魅积被懿冀愧匮馈柜暨庇莉腻秘比骘诐啻示嗜饲伺遗祟值惴屣眦罝企渍譬跛挚燧隧尿稚雉莅悸泌识侍为

【五未】未味气贵费沸尉畏慰蔚魏纬胃汇谓渭卉讳毅既衣蜚溉翡诽

【六御】御处去虑誉署据驭曙助絮著箸豫恕与遽疏庶预语踞淤锯觑狙曩薯

【七遇】遇路赂露鹭树度渡赋布步固素具务雾鹜

数怒附免故顾句墓慕暮募注住注驻裕误悟寤戍库护屦诉妒惧趣娶铸绔傅付谕喻妪芋捕哺互孺寓赴吐污恶晤煦讣仆驸锢蛀飓怖铺塑蠹溯镀雇迕妇负阜副富醋措

【八霁】霁制计势世丽岁济第艺惠慧币弟滞际涕厉契敝弊毙帝蔽髻锐戾裔袂系祭卫隶闭逝缀翳替细桂税婿例誓筮诣砺励噬继脆睿曳蒂睇妻递逮荔唳泥媲嬖彗睥睨剂嚏谛缔剃屉悌俪锲贳掣羿棣剃娣说赘憩鳜彘谜挤

【九泰】泰太带外盖大濑赖籁蔡害蔼艾丐奈汰癞霭会旆最贝沛霈绘脍荟狈侩桧蜕酹外兑

【十卦】卦挂画懈廨邂隘卖派债怪坏诫戒界介芥械拜快迈败稗晒瀣湃寨届篑喟聩块惫

【十一队】队内辈佩退碎背秽对废悔诲晦昧配妹喙溃吠肺耒块刈悖焙淬敦塞爱代载态菜碍戴贷黛概岱溉慨耐在鼐再袋逮赉赛忾暧咳嗳睐

【十二震】震信印进润阵镇刃顺慎鬓晋骏闰峻衅振俊舜赆吝烬讯仞迅汛趁衬仅觐蔺浚赈龀认殡摈缙躏

谆瞬轫浚殉馑

【十三问】问闻运晕韵训粪忿酝郡分紊愠近玟拼奋

【十四愿】愿怨万饭献健建宪劝蔓券远侃键贩曼挽瑗媛圈论恨寸困顿遁钝闷逊嫩诨巽褪喷艮揾

【十五翰】翰瀚岸汉难断乱叹观干散旦算玩烂贯半案按炭汗赞漫冠灌窜幔灿璨换焕唤涣悍弹惮段看判叛绊鹳伴畔锻腕惋馆捍但罐盥婉缎缦侃蒜钻谰

【十六谏】谏雁患涧间宦晏慢盼篆栈惯串绽幻瓣办谩讪铲绾孪篡扮

【十七霰】霰殿面县变箭战扇煽膳传见砚院练链燕宴贱馔荐绢彦掾便眷倦羡奠遍恋啭眩钏倩卞汴片禅谴溅饯善转卷甸电咽茜单念眄淀靛佃钿漩拣缮现狷炫绚绽线煎选旋颤擅缘撰唁谚媛忭弁援研

【十八啸】啸笑照庙窍妙诏召邵要曜耀调钓吊叫眺少诮料疗潦掉峤徼跳嘹漂镣廖尿肖鞘悄峭哨俏醮燎鹞轿骠票

【十九效】效教貌校孝闹豹罩棹觉较窖爆炮泡刨稍钞拗敲淖

【二十号】号帽报导操盗噪灶奥告诰到蹈傲暴好劳躁造冒悼倒燥犒靠懊瑁燠耄糙套潦耗

【二十一个】个贺佐大饿过座和挫课唾播破卧货簸轲驮磋作做剁磨懦糯缚挼些

【二十二祃】驾夜下谢榭罢夏霸暇嫁赦藉假蔗化舍价射骂稼架诈亚麝怕借卸帕坝靶鹧炙乍咤诧佗吓娅哑讶迓华桦话胯跨衩柘

【二十三漾】漾上望相将状帐唱让浪酿旷壮放向忘仗畅量葬匠障瘴谤尚涨饷样藏舫访贶嶂当抗桁妄怆宕帐创酱况亮傍丧羕谅胀脏吭伉挡旺炕亢防

【二十四敬】敬命正令证性政镜盛行圣咏姓庆映病柄劲竞靓净竟孟诤更并聘硬炳泳进横摒阱檠迎郑

【二十五径】径定听胜磬罄应赠乘佞邓证秤称莹孕兴剩凭宁胫暝钉订饤锭泞瞪蹭蹬亘镫滢凳泾

【二十六宥】宥候就售寿秀绣宿奏兽漏富陋狩昼

寇茂旧宥宙神岫柚覆复救厩臭佑右囿豆窦瘦漱咒究疚
谬皱逅嗅遘溜镂逗透骤又侑幼读仆副锈绉灸酎诟蔻构
扣购彀戊贸袤嗽凑齁沤

【二十七沁】沁饮禁任荫浸谮谶枕噤甚鸩赁喑
渗妊

【二十八勘】勘暗滥赕担憾暂三绀憨澹瞰淡缆

【二十九艳】艳剑念验堑赡店占敛厌焰垫欠僭潋
滟俺砭

【三十陷】陷鉴泛梵忏赚蘸嵌站馅

入声

【一屋】屋木竹目服福禄谷熟肉族鹿漉腹菊陆轴
逐旭蓿宿牧伏夙读犊渎牍椟黩毂复粥肃碌育六缩哭幅
斛戮仆畜蓄叔淑倏独卜馥沐速祝麓辘镞蹙筑穆睦秃覆
辐瀑郁舳掬踘蹴茯袱扑匐簌簇煜复蝠菔孰塾矗竺曝鞠
嗾簏国副

【二沃】沃俗玉足曲粟烛属录辱狱绿毒局欲束鹄

第三部分　附　录

蜀促触续浴酷褥旭欲笃督赎渌碡北瞩嘱勖溽缛桔

【三觉】觉角榷岳乐捉朔数卓啄琢剥驳雹璞朴壳
确浊擢濯涩崛握学嶷淀槊搦镯喔邈荦

【四质】质日笔出室实疾术一乙壹吉秩率律逸佚
失漆栗毕恤密蜜橘溢瑟膝匹述黜弼七叱卒虱悉戌嫉帅
倠怵蟋必泌枊唧怢谧昵轶聿诘羍垤茁窒

【五物】物佛拂屈郁乞掘吃讫弗勿迄不沸厥倔黻
崛尉蔚契屹熨

【六月】月骨发阙越谒没伐罚卒竭窟笏歇突忽袜
曰阀筏厥蹶蕨殁掘核蝎勃渤悖孛揭碣粤鳜脖悖猝惚兀
讷羯凸咄矻

【七曷】曷达末阔钵脱夺褐割沫拔葛阏渴拨豁括
抹遏挞跋撮泼秣掇聒獭剌喝磕袜活斡怛捋

【八黠】黠拔八察杀刹轧戛瞎刮刷滑辖铩猾捌叭
札扎帕茁揠萨捺

【九屑】屑节雪绝列烈结穴说血舌洁别缺裂热决
铁灭折拙切悦辙诀泄锲咽轶噎彻澈哲鳖设咭劣玦截窃

91

孽浙孑镉颉拮撷揭褐缬碣挈抉蒛薛拽列蹩迭跌阅餐銎垤捏页阒觖谲撇蹩篾楔惬辍啜缀撤杰桀涅霓蜺批

【十药】药薄恶作乐落阁鹤爵弱约脚雀幕洛壑索郭错跃若酌托削铎凿箔鹊诺萼度钥着著虐掠获泊搏嚼勺谑廓绰霍镬莫箨缚貉各略骆寞膜鄂博昨柝格拓轹铄烁灼疟箬芍踱却嚎攫踱魄酪络烙膊薄柞漠摸酢怍涸郝垩谔鳄噩锷颚缴扩椁陌

【十一陌】陌石客白泽伯迹宅席策册碧籍格役帛戟璧驿麦额柏魄积脉夕液尺隙逆画百辟赤易革脊翮屐获适索厄隔益窄核舄掷责圻惜癖僻掖腋释译崿择摘弈奕迫疫昔赫瘠谪亦硕貊碛只炙踯斥鬲骼舶珀吓拆咯蚱胙剧檗擘栅啧帻箦扼划蜴辟帼蝈刺崎汐藉螫蟇摭貌哑绎射

【十二锡】锡璧历枥击绩籴笛敌滴镝檄激寂溺觅狄荻幂戚涤的吃沥霹雳惕剔砾翟析晰淅蜥劈嫡轹枥踢迪皙逖汨

【十三职】职国德食蚀色力翼墨极息熄直值得北

第三部分 附 录

黑侧贼饰刻则塞式轼域殖植敕亟棘惑忒默织匿亿忆臆

薏特勒肋幅仄庆稷识逼克即唧弋拭陟恻测洫啬穑鲫抑

或訇

【十四缉】缉辑立集邑急入泣湿习给十拾袭及级

涩楫粒汁蛰执笠隰汲吸絷挹浥悒岌熠葺什廿揖煜笈圾

褶翕

【十五合】合塔答纳榻杂腊匝阖蛤衲沓鸽踏拓拉

盍塌呷盒卅搭褡飒磕遢蹋蜡溘邋跶

【十六叶】叶帖贴牒接猎妾蝶叠箧惬涉捷颊楫聂

摄慑镊蹑协侠荚挟浃睫厌餍躞摺辄婕谍堞霎嗫喋捻

晔笈

【十七洽】洽狭峡法甲业邺匣压鸭乏怯劫胁插押

狎夹恰掐眨胛呷闸霎

93

附录二　入声字集

（只收入部分实用、普通话读平声字）

一、屋

屋竹服福熟族菊轴逐伏读犊粥哭幅斛仆叔独秃孰

二、沃

俗足曲烛毒鹄督赎

三、觉

觉角捉卓琢剥驳雹浊擢学镯

四、质

出实疾一壹吉七虱悉侄茁漆膝

五、物

佛拂弗屈

六、月

骨发没伐罚卒竭忽窟歇突勃筏掘桉曰蝎

七、曷

曷达活钵脱夺割葛拨豁掇喝撮咄

八、黠

辖札拔猾滑八察刷

九、屑

节绝结穴说别缺决折拙切辙诀杰哲鳖截跌揭桀薛噎碣

十、药

薄阁爵约脚郭酌托削铎灼凿着泊勺嚼桌搏礴昨

十一、陌

石白泽伯迹（旧读jì）宅席籍格帛额柏积夕革脊隔掷（旧读zhī、zhí、zhì）责惜择摘藉骼翮瘠莒隻

十二、锡

锡击笛敌滴镝檄激翟析狄荻剔踢涤戚

十三、职

职国德食蚀极息直得黑贼则殖植值棘织识即逼亟

十四、缉

辑缉集急湿习拾什袭及级揖汁执汲吸楫

十五、合

合答杂匼鸽盍拉

十六、叶

帖贴接牒蝶叠捷颊协谍挟辄

十七、洽

狭峡匣压鸭乏劫胁插押狎柙夹浃侠

附录三　作品摘选

笔者有愧，虽前文中讲了格律，但实际写作中从无知到略知，很多都不太符合格律或有漏洞。内容上也自觉缺少意境，风格未成一体，多求尽意而疏于精琢景情关系。故于此摘录无谓于人有借鉴之用，唯自顾往思耳。

五古·二十九中学小景

擎松石径植，
朵莲泷珏池。
清飕抚书声，

含苞欲放时。

2014 年 9 月

珏：指两玉并合，因有一池中有桥隔而相合，水碧如雨。

蝶恋花·感时

秋水潆洄波不定，

激滟相减，

竟是雾雾境。

冗课难明思倩哂，

昀夕踯跃逝韶龄。

残卷字无足新赓，

名第弗卓，

怼怨无心生。

时不容我待逡巡，

时不与我相觖觅。

2015 年 1 月 2 日

七古·元宵节有感

十五正月初娥影，佳期学路伴夜行。

若大潭灌玉晶霜，云霭丝丝偕高堂。

九连烟光似未消，歌舞不入眼眉梢。

低投桌前灯近黄，且有凉宵浴思肠。

今朝万豪风光去，不识翌晨霾千里。

顿空皎月本应好，只是未至闲赏时。

2015年3月5日

霾：言佳节之中烟花礼炮成风，每成雾霾可覆千里。

忆江南·阳春有怀

春风朗，

谁料满病忧。

情溢未能总风流，

愁竭难尽常密周。

在世莫蹉跎。

2015年3月27日

采桑子·考前闻雪作

秋澈已作寒孤雪，

满目漂泊。

满意漂泊，

岁月不知流溢何？

秋澈早化寒孤雪，

岁不辞新。

岁总迎新，

皎月缘何泊照君？

2015年11月22日

古诗为拓展班选拔作

始闻拓招喜欲狂，含羞搁笔书意志。

不学自晓未之有，莫笑痴年鲜经历。

合卷唐宋诗词选，暂移枕边老庄易。

量子寻猫初拾起，叹论相对狭广义。

身无彩凤双飞翼，心有灵犀望点通。

早知韦编三绝者，不在寻行数墨中。

愿泛思海苦行舟，直至斜阳告晚钟。

且歌且行，扫通四方，

将翱将翔，学术路上。

2016年8月7日

七律·咏怀

风侵月上三更许，枝柳横斜两意茫。

谁道几时思念起，生年方少恋情长。

伊人不解求凰苦，少艾却离连理芳。

断斩情丝千缕尽，未名湖畔砺寒霜。

2017年12月3日

醉花阴·扫初雪育才园中

松胃抚阶云几绺，

清雪满乾坤。

百度寻芳，

亭立梅枝后。

云娇雪嫩双相秀，

道是别羞走。

衣浅怎经寒？

何不凭余，

捂暖纤纤手？

芊菡文学社赋

居育才人杰之灵地，处科高悉讨之学间，芊菡文学社也。

名之为何？芊绵芳草，菡莒香销，濂溪有言："莲，花之君子者也。"

意在何为？笔尖口吐，文载史哲，谥文王者曰："经天纬地谓之文也。"

聚与为何？雅怀佳咏，古览今道，太白辞灵，群侪俊秀，皆为惠连也。

虽吾辈拙才弱笔耳耳，既轩志今古中外拳拳。

时有所悟，日知一得，幸甚至哉我社焉。

2018 年

蝶恋花

水仙新雨秋波漾。

迢递远馨，

寂月泉中荡。

淡雅希求瓶净养，

清高可挹诗中赏。

恨我志学难力广，

每忆仙姿，

何日心相往？

第三部分 附 录

三载同廊虽未访，

元君馨逸莫相忘。

2018年9月10日

元君：道家称仙女。